Ricardo Mariño

EL REGRESO DE LA PULGA LORENA

Ilustraciones de Gustavo Mazali

Colección Caracol
EDITORIAL SIGMAR

1. VISITA A LAS PRIMAS

LORENA ERA UNA PULGA QUE VIVÍA EN EL LOMO DE UN ENORME PERRO LLAMADO ALFAJOR. TODAS LAS TARDES LOS DUEÑOS DE ALFAJOR LO LLEVABAN A LA PLAZA PARA QUE JUGARA CON OTROS DOS PERROS: PELUSA Y STINKY.

LORENA TENÍA PRIMOS EN CASI TODOS
LOS PERROS DE LA PLAZA Y MUCHAS VECES
IMAGINABA QUE IBA A VISITARLOS, PERO NUNCA
SE ANIMABA A HACERLO PORQUE HABÍA QUE
SALTAR DE UN PERRO A OTRO.

HASTA QUE UNA TARDE, AL FIN, SE ANIMÓ:

—ME VOY UN RATO A LO DE MIS PRIMOS DE STINKY —LE DIJO A SU MAMÁ.

—ESTÁ BIEN, HIJA. PERO CUÍDATE Y NO TARDES. SALUDOS A TODOS.

EN UN MOMENTO EN QUE ALFAJOR Y
STINKY SE REVOLCABAN JUNTOS, LORENA
APROVECHÓ PARA SALTAR. CAYÓ SOBRE
EL LOMO DE STINKY, EN MEDIO DE LA MESA
EN LA QUE MERENDABAN SUS PRIMAS.

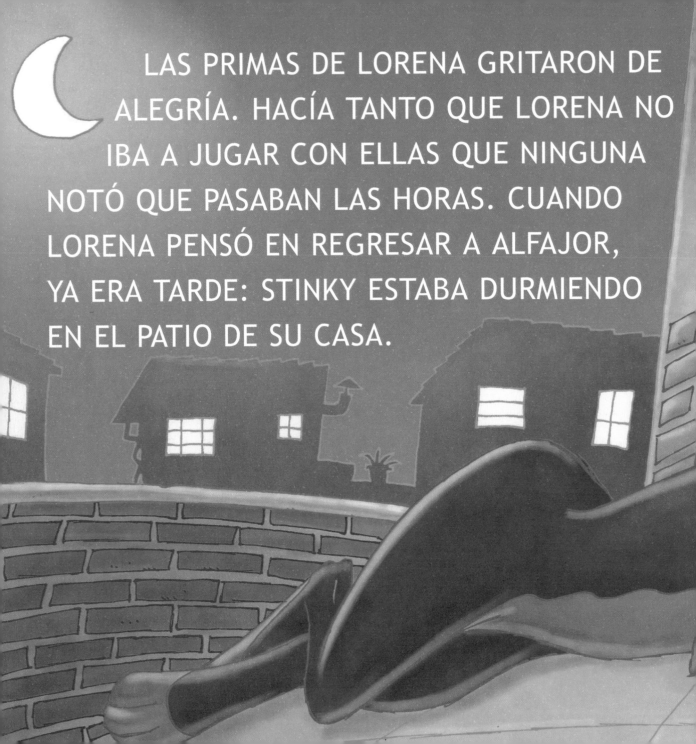

LAS PRIMAS DE LORENA GRITARON DE ALEGRÍA. HACÍA TANTO QUE LORENA NO IBA A JUGAR CON ELLAS QUE NINGUNA NOTÓ QUE PASABAN LAS HORAS. CUANDO LORENA PENSÓ EN REGRESAR A ALFAJOR, YA ERA TARDE: STINKY ESTABA DURMIENDO EN EL PATIO DE SU CASA.

NO QUEDABA MÁS QUE ESPERAR AL DÍA
SIGUIENTE, CUANDO LOS PERROS VOLVIERAN
A LA PLAZA. LAS PRIMAS LE HICIERON LUGAR
EN LA OREJA DERECHA DE STINKY, Y LORENA
SE DURMIÓ PENSANDO EN LO PREOCUPADA
QUE ESTARÍA SU MAMÁ.

A LA TARDE SIGUIENTE, A LA HORA EN QUE EL PASEADOR DE PERROS PASABA A BUSCARLO, STINKY SE ECHÓ A DORMIR. SU DUEÑA TAMPOCO ESCUCHÓ EL TIMBRE PORQUE ESTABA MIRANDO TELEVISIÓN.

LORENA SE QUEDÓ ESPERANDO QUE STINKY SALIERA HACIA LA PLAZA...

2. LEJOS DE CASA

AL DÍA SIGUIENTE STINKY VOLVIÓ
A DORMIRSE Y LA MUJER A MIRAR TELE
A TODO VOLUMEN. NINGUNO ESCUCHÓ
EL TIMBRE Y LORENA SE PUSO
MUY TRISTE PORQUE EXTRAÑABA
A SU MAMÁ Y A SUS
HERMANOS.

EN LOS TRES DÍAS QUE SIGUIERON, TAMPOCO STINKY SALIÓ CON EL PASEADOR. LORENA LLORABA PENSANDO QUE SU MAMÁ LA IBA A RETAR Y QUE NUNCA MÁS LA DEJARÍA SALIR DE ALFAJOR.

IBAN SIETE DÍAS SIN QUE STINKY FUERA A LA PLAZA, CUANDO A UNA DE LAS PRIMAS DE LORENA SE LE OCURRIÓ UNA IDEA: ORDENÓ EN FILA A TODOS SUS PARIENTES EN LA PANZA DE STINKY Y ESPERÓ A QUE EL PASEADOR TOCARA EL PRIMER TIMBRAZO...

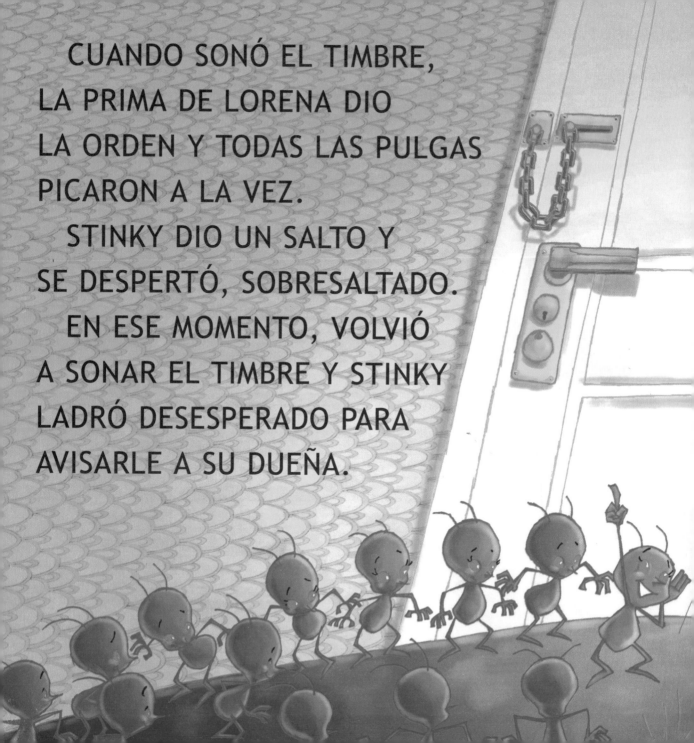

CUANDO SONÓ EL TIMBRE,
LA PRIMA DE LORENA DIO
LA ORDEN Y TODAS LAS PULGAS
PICARON A LA VEZ.

STINKY DIO UN SALTO Y
SE DESPERTÓ, SOBRESALTADO.

EN ESE MOMENTO, VOLVIÓ
A SONAR EL TIMBRE Y STINKY
LADRÓ DESESPERADO PARA
AVISARLE A SU DUEÑA.

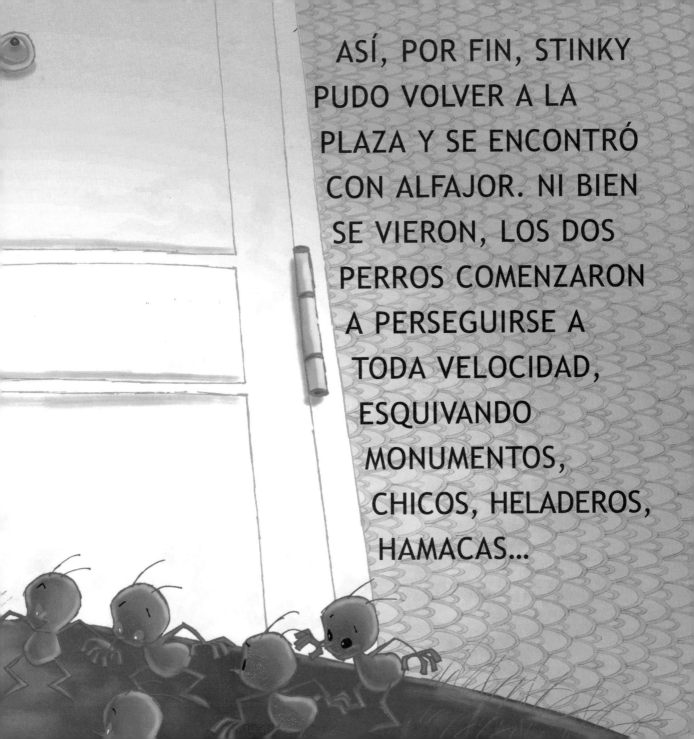

ASÍ, POR FIN, STINKY PUDO VOLVER A LA PLAZA Y SE ENCONTRÓ CON ALFAJOR. NI BIEN SE VIERON, LOS DOS PERROS COMENZARON A PERSEGUIRSE A TODA VELOCIDAD, ESQUIVANDO MONUMENTOS, CHICOS, HELADEROS, HAMACAS...

ERA MUY PELIGROSO TIRARSE DE UN PERRO A OTRO A ESA VELOCIDAD, PERO CUANDO LOS DOS SE DETUVIERON A TOMAR AGUA, LORENA SALTÓ DESDE LA CABEZA DE STINKY AL LOMO DE ALFAJOR Y CAYÓ... ¡SOBRE SU MAMÁ!

LA MAMÁ ABRAZÓ A LORENA CONTENTA DE
VOLVER A VERLA Y LE DIJO QUE, PARA QUE
ESTA HISTORIA NO VOLVIERA A OCURRIR,
LO MEJOR ERA QUE TODOS LOS DÍAS FUERA
A JUGAR UN RATO CON SUS PRIMAS.

"MAMÁ ES UNA GENIA", PENSÓ LORENA.

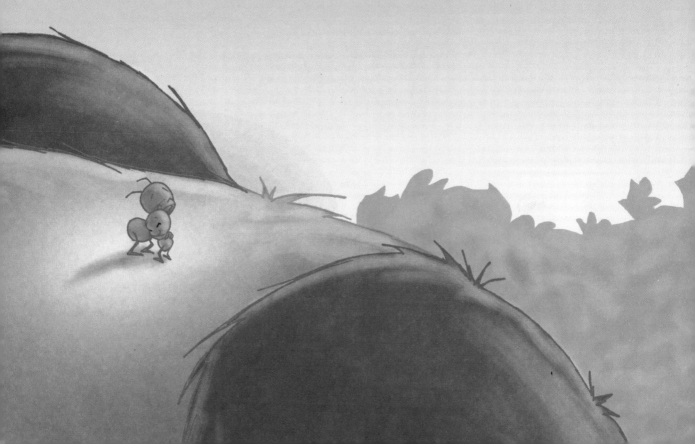

Mariño, Ricardo
   El regreso de la pulga Lorena - 1a ed. - Buenos Aires : Sigmar, 2005.
   16 p. ; 20,5 x 20,5 cm.

   ISBN 950-11-1798-7

   1. Literatura Infantil y Juvenil Argentina I. Título
   CDD A863.9282.